LE

DÉVOUEMENT

FRATERNEL.

ARGENTEUIL. — IMPRIMERIE DE PICARD.

BUREAU à PARIS, rue St-Jacques, 38.

LE DÉVOUEMENT FRATERNEL

SUIVI

D'HISTORIETTES MORALES

PAR

Mademoiselle C. F. de PETIGNY.

PARIS.

PICARD fils ainé, LIBRAIRE,

38, RUE SAINT-JACQUES.

—

1849.

LE
DÉVOUEMENT

FRATERNEL

J'errais un jour sur les bords de l'Huine ; plongé dans une profonde rêverie, j'avais quitté, sans m'en apercevoir, un petit sentier qui conduit au Theil, charmant village situé à quelques lieues de Nogent-le-Rotrou. Je me trouvais dans un espèce de bois fourré, un peu au-

dessous du château de Masles. In-
certain si je devais interrompre ou
prolonger ma promenade, je m'assis
au pied d'un arbre antique. L'aimable printemps était de retour,
les fleurs, les arbustes relevaient
leurs têtes embaumées. Depuis
long-temps les oiseaux avaient salué l'aurore, et leurs roulades har-
monieuses se mêlaient au frémisse-
ment d'un vent frais et léger. Quelques clochers isolés, plus remar-
quables par leur simplicité que par
de merveilleuses dentelures, se des-
sinaient à mes yeux au m   us d'un
océan de pourpre et d'azur. La voix
des laboureurs retentissait par in-

tervalle et semblait répondre aux longs mugissements des taureaux, aux bêlements des agneaux. Les échos répétaient alternativement des sons rares et monotones : tout était calme autour de moi.

« Quelle différence entre les plaisirs de nos campagnes et ceux de nos cités bruyantes ! m'écriai-je en tournant mes yeux attendris vers le ciel : quel air pur je respire ici, rien ne trouble mes douces rêveries ; la nature parle à mon cœur ! Oh ! oui, le bonheur n'est qu'au fond de ces retraites que les gens du monde ont la simplicité de regarder comme de tristes solitudes.

Q   m'importent les fêtes de la ca-
pitale, les pompes des cérémonies !
Tout est faux dans les efforts de
l'art, et la main des hommes est
inhabile à imiter même les plus sim-
ples fleurs de nos vallons. »

Telles étaient mes réflexions,
quand, à quelques pas de moi,
derrière une haie touffue, s'échappèrent des cris perçants, comme
ceux de plusieurs enfants effrayés.
A l'aide de ma canne, me frayant
un rapide passage à travers les ra-
mifications formées de noisetiers,
de houx et d'épines, j'eus bientôt
franchi l'espace qui me séparait du
théâtre où se passait sans doute une

scène extraordinaire. En effet, à peine eus-je fait dix pas, après m'être élancé dans un petit champ, à peu près carré et tout entouré d'arbres, que je vis un spectacle affreux. Un chien énorme, la gueule sanglante et baveuse, le poil hérissé, les yeux flamboyants, cherchait à dévorer trois pauvres petits enfants, dont le plus âgé pouvait avoir une douzaine d'années. Ce dernier, non moins prudent que courageux, criait à deux petites filles éplorées : — N'ayez pas peur ; je vais vous défendre ; ne vous éloignez pas. Les pauvres enfants, transies de frayeur, n'avaient garde d'abandonner leur protecteur qui, à l'aide de sa houlette, arrêtait l'animal dont les élans furieux annonçaient tous les symptômes de l'hydrophobie. Heureusement que ma canne renfermait un dart. Ayant fait jouer le ressort, je volai aussitôt à la rencontre du dogue écumant, et je lui plongeai le fer acéré dans la gorge, Dieu permit que le coup fut mortel. Quand je vis mon ennemi abattu et se roulant dans la poussière, je le frappai droit au cœur. Alors ses hurlements cessèrent, et, après une courte mais horrible agonie, il rendit le dernier soupir.

Les trois enfants, à peine revenus de la terreur qu'ils avaient éprouvée, me remercièrent d'une voix tramblante et les larmes aux yeux. Tout en les rassurant, je m'informai s'ils avaient été mordus.

— Non, Dieu merci ! me répondît l'aîné. Quand j'ai vu le chien malade déboucher par ce coin de champ, et fondre sur nous, je me suis dit : Je grimperais bien sur un pommier ; mais..... A ces mots la voix du petit narrateur s'éteignit au milieu des sanglots et des pleurs qu'il tâchait de comprimer, et qui s'échappèrent de nouveau et avec plus d'abondance... Mais... je me suis dit, monsieur..... mes petites sœurs ne pourront pas me suivre et elles seront dévorées. Je les ai placées derrière moi, et j'ai, en invoquant le bon Dieu, repoussé avec ma houlette ce méchant chien qui était enragé, n'est-ce pas monsieur?... Puis, vous êtes venu à notre secours; c'est le ciel qui l'a permis.

Touché d'un dévouement si sublime et d'une ingénuité si nouvelle pour moi, je demandai au bon Jacques, tel était son nom, où demeuraient ses parents et ce qu'ils faisaient.

— Monsieur, nous habitons cette petite chaumière que vous aperce-

vez là-bas : mon père travaille à la journée, et ma mère a soin de nos deux vaches. J'allais à l'école de Masles, et mes deux petites sœurs, selon leur habitude, ont voulu m'accompagner un bout de chemin ; car si je les aime, elles m'aiment tout autant. A ces derniers mots, l'aimable enfant embrassa tendrement ses sœurs, dont l'émotion n'était pas encore passée.

— Quand on parle de me mettre en condition, elles pleurent, et pourtant il faudra que nous nous séparions ; je veux gagner de l'argent pour soulager mes bons parents.

— Oh ! non, tu ne nous quitteras pas, s'écrièrent ensemble les petites filles, tu l'as promis... et leurs sanglots recommencèrent. Jacques, pour les appaiser, fut obligé de réitérer sa promesse de ne jamais les abandonner.

Tableau touchant ! spectacle indicible ! Oh ! quelle joie pure inondait mon cœur en ce moment !

— Eh bien, Jacques, lui dis-je en souriant, au lieu d'aller à l'école ce matin, accompagne-moi jusqu'à ta chaumière : il faut prévenir ta bonne mère, que l'émotion de tes jeunes sœurs pourrait plonger dans une trop grande inquiétude.

— Bien volontiers, monsieur.

Et voilà petit Jacques qui, le front radieux, marche doucement devant moi, au milieu de ses petites sœurs qu'il tient par la main.

Notre arrivée, le récit du danger que les trois enfants avaient couru, déchirèrent le cœur de la pauvre villageoise, qui pâlit et ne put retenir ses larmes. Si Jacques et ses sœurs aimaient leur mère, celle-ci les payait bien du plus tendre retour. Cependant je réussis à la tranquilliser. Cette brave femme, afin de me prouver sa reconnaissance, se confondait en excuses, en remercîments des plus naïfs et qui peignaient son extrême tendresse pour ses enfants. N'ayant que du pain bis, des œufs et du beurre frais, elle n'osait m'offrir à déjeuner. Sachant combien je les flatterais en acceptant, et pressé réellement par la faim, je la priai de me servir sans façon du pain et du beurre. A ces mots, sa joie éclata ainsi que celle de ses enfants. Petit Jacques court au cellier, et d'une main triomphante, apporte le cruchet plein d'un cidre doré, qu'on avait mis en réserve pour les jours de fête ou de maladie. Malgré tous mes refus, la bonne mère casse des œufs, et une omelette délicieuse est bientôt

déposée sur la table , à demi ver-
moulue , mais luisante comme un
miroir. La propreté règne dans presque toutes les habitations du Per-
che. En finissant mon repas frugal,
je dis à la bonne mère immobile et
les mains tristement croisées sur la
poitrine : — {J'aime petit Jacques,
et puisqu'il est doué d'un bon cœur,
je veux le mettre à même d'être
utile à sa famille. Qu'il apprenne
bien à lire et à écrire : dans quelque
temps je lui procurerai une bonne
place. Voici vingt francs pour lui
acheter une blouse, et des jupons à
à ses sœurs. Les pauvres enfants
étaient presque nus. A ces mots pre-

nant ma canne et mon chapeau, je laisse cette intéressante famille, muette de surprise et de plaisir. Si leur voix ne me peignit point alors une franche reconnaissance, les regards qui me suivirent jusqu'à la barrière, servant d'entrée à la maisonnette, me firent assez comprendre que je n'aurais pas à regretter cette petite libéralité. De retour à Nogent, je fis part de l'aventure à des personnes charitables. Beaucoup d'entre elles, voulant connaître mon protégé, se rendirent à la chaumière et furent pleinement convaincues de l'honnêteté de cette famille, aussi pauvre que laborieuse. On se cotisa

donc pour la secourir plus ample-
ment. La bienfaisance ne s'arrêta
point là. Jacques qui avait une belle
écriture et lisait très couramment,
fût placé au collége. Monseigneur
l'évêque de Chartres, instruit de
ses rapides progrès, le fit entrer au
séminaire. Ce vertueux jeune homme, après de brillantes études et
une conduite exemplaire, ayant été
ordonné prêtre, devint l'appui de
sa famille et l'ange tutélaire de ses
paroissiens. Pendant quarante ans,
il fut chéri et révéré de tous ceux
qui eurent le bonheur de l'appro-
cher. Il répétait souvent : « Les
vues de Dieu sont mystérieuses; ne

cherchons point follement à les pénétrer. »

Un enfant vertueux, un tendre
frère, ne sera jamais abandonné du
Sauveur du monde. Jacques est la
preuve de cette consolante vérité.

LE CHEVAL

ET

LE RENARD.

———

. . . . l'avarice
Conduit toujours à l'injustice.

Un fermier, très avare, avait un cheval que les ans et le travail avaient affaibli. Ennuyé de le voir continuellement couché sur la litière, ou sur le moëlleux herbage de la verte prairie, ce maître ingrat lui dit un jour : « Mon vieux camarade, puisque tes forces ne te permettent plus de traîner la charrue, il faut nous quitter sur-le-champ. Pénétré de reconnaissance pour tes longs services, je m'engage à te recevoir si tu deviens plus fort qu'un lion. »

Le pauvre cheval, tant il avait le cœur navré, ne put répondre à ces paroles, non moins cruelles qu'ironiques. Comme il s'acheminait lentement vers les bois, il rencontra compère le renard, qui lui demanda, d'une voix amicale, le sujet de ses larmes abondantes.

« Ah ! répondit le vieux serviteur, à travers de nombreux sanglots, c'est que la justice et l'avarice n'habitent jamais sous le même toit ;

j'en suis une preuve irréfragable. Mon maître, oubliant tous les services que je lui ai rendus, m'a fermé la porte de l'écurie, en me disant qu'il ne me l'ouvrirait que si je devenais plus fort qu'un lion. Ces paroles ne doivent paraître qu'une sanglante raillerie, à ceux qui connaissent mon extrême faiblesse. »

Le renard, après un moment de réflexion, lui répondit : « Si tu veux suivre ponctuellement mes avis, ton désespoir sera bientôt dissipé. »

Le cheval, plein de confiance en sa grande sagacité, promit de lui obéir aveuglément.

« Alors, poursuivit le malin compère, couche-toi par terre, et fais le mort. »

L'infortuné n'eut pas de mal à jouer ce rôle, car il n'avait réellement que la peau et les os.

Le renard disparut, et revint bientôt accompagné d'un lionceau plein de légéreté, dont les rugissements ressemblaient au bruit du tonnerre. Il agitait sa queue, s'en battait les flancs, et ses yeux étincelaient d'une manière effrayante. Le rusé personnage avait invité le futur monarque des forêts à venir manger un cheval étendu mort au pied d'une colline. Dès qu'ils furent arrivés au rendez-vous, le renard dit au lion : « Monseigneur, vous ne pourriez le manger commodément dans ce vallon fréquenté; je vais vous attacher à sa queue, pour que vous le traîniez tout de suite jusqu'à l'antre que vous habitez. »

Le lion, qui manquait d'expérience, se laissa facilement persuader.

Le perfide conseiller lui ayant fortement lié les quatre pattes, s'écria soudain : « Hue! dia! debout, Charlot, et trotte au plus vite. »

Le cheval se relève comme par enchantement; il hennit, il montre les dents, il brûle de tout le feu de la jeunesse, et, les oreilles droites se dirige, malgré les rugissements du lion, qui portent au loin l'épouvante, du côté de la demeure de son maître. Apercevant ce dernier dans la cour de la ferme, il lui crie : « Me voilà, maître, je vous somme de remplir votre promesse ; car je suis plus fort qu'un lion. »

Le fermier, touché du courage de son vieux serviteur, l'accueillit avec bienveillance, et lui prodigua, jusqu'à son dernier soupir, du foin, de l'avoine, et de la fraîche litière.

ANASTRASOULA.

Il y a quelques années, une famille anglaise, sous le doux climat
de la Grèce, où le printemps est

comme l'aurore d'un beau jour, explorait les rivages de la Méditerranée. Le motif réel qui l'avait conduite sur cette terre, berceau de notre civilisation, était inconnu ; mais en ce moment, elle voulait essayer de l'air de la mer sur la santé de la jeune Clara.

Entre toutes les îles célèbres de la Grèce déchue, Ypsara ayant paru plaire particulièrement à la jeune malade, la famille se fixa momentanément près d'Ajo-Suttira. Chaque jour elle faisait de excursions sur les montagnes pittoresques et dans les vallons embaumés, où s'éparpillaient de nombreux trou-

peaux. Clara ne pouvait elle-même résister au plaisir de contempler, au lever de l'aurore, les nuages d'un blanc argenté, se balançant sous un fond du bleu le plus pur, quand la brise, par ses bouffées odorantes, les poussait capricieusement en sens divers ; ses regards se fixaient encore avec ravissement sur le soleil, alors qu'une douce teinte de pourpre se répendant sur chaque objet, grandissait l'ombre des sites inaccessibles aux voitures, et les rendait vagues et flottants comme un rêve. Son cœur bondissait d'une joie énivrante à l'aspect de la lune, étendant une nappe d'argent sur les flots

qui baignaient la côte, en frémis-
sant. On avait fait devant Clara un
tableau si gracieux de la perspective
que l'on découvrait du mont Mavro-
vouni, que par une fraîche matinée,
elle eut la fantaisie de s'y rendre
avec ses deux frères. Ces derniers
s'amusaient à esquisser divers sites;
malgré les feux irrités du soleil à
son midi : tout-à-coup le plus jeune
aperçut sa sœur évanouie sur le des-
-sin qu'elle traçait. Il se hâte de la
porter vers une villa peu éloignée,
pendant que l'aîné les devance pour
demander du secours. Après un dé-
tour, celui-ci se trouve vis-à-vis
d'une veranda, où une jeune fem-

me grecque était assise, et veillait sur le sommeil d'un bel enfant, aux joues cotonnées et vermeilles: Son costume était très élégant, et sur son cou de cygne ruisselait un collier de perles. Sa tête aurait pu servir de modèle aux suaves et divins pinceaux du plus grand artiste de Rome. Ses yeux noirs respiraient la douceur et la bonté. Aux premiers mots du malheureux jeune homme, elle se précipite au-devant de Clara, que les plus tendres soins rappellent bientôt à la vie.

Pendant ce temps, l'enfant s'était réveillé, le sourire sur les lèvres. Soudain il jette un cri de joie; son père, jeune officier, d'une tournure très distinguée, venait d'entrer. Celui-ci le prend dans ses bras, après avoir salué les étrangers avec politesse et cordialité. La conversation s'engage et tombe naturellement sur la politique : Mavromikalis parlait avec toute l'énergie d'un homme qui ne voyait que les intérêts de son pays. Anastrasoula partageait ce noble enthousiasme. A partir de ce moment, les deux familles ne passèrent point de jour sans s'écrire ou se visiter.

Environ deux mois après cette liaison fortuite, un bruit funeste se répand. Mavromikalis avait reçu

l'ordre, de marcher contre Ajio-Stiffano, son village natal. L'ekta-tos Caliopolos, loin de consentir à donner l'échange de cette triste commission contre une autre, avait répondu brusquement au malheureux officier d'obéir, ou de rendre son épée, comme traitre à la patrie. Indigné de cette alternative inexorable, il hésitait et gardait le silence, lorsqu'un officier lui dit avec hauteur, en le frappant sur l'épaule : Lochagos, la main d'un lâche ne doit tenir qu'une quenouille. Mavromikalis le renversant à ses pieds, tira son épée, et la brisa en s'écriant qu'elle ne serait jamais souillée ni déshonorée.

Cette triste nouvelle plongea la famille étrangère dans une surprise affreuse. Jules, l'aîné des frères de Clara, courut à la ville ; Anastrasoula était disparue.

Frédéric n'avait pu pénétrer dans la prison du fort ; la sentinelle l'avait même repoussé brutalement avec ces paroles poignantes : « Dans trois jours vous pourrez le voir, lorsqu'il sera conduit au supplice. »

Les Anglais et les principaux Grecs adressèrent une pétition à l'ektatos, mais en vain. Cet homme sévère voulait, disait-il, un exemple frappant pour arrêter les progrès de l'insubordination.

Jamais les préparatifs d'une cérémonie de mort ne furent plus lugubres. Affligés de remplir un si pénible devoir, les soldats marchaient silencieux comme des ombres.

Un mouvement subit annonça le prisonnier. La foule s'ouvrait et se pressait sur son passage. Le pittoresque costume de son pays natal avait remplacé le fatal uniforme ; il s'avançait lentement et d'un pas qu'il s'efforçait d'assurer. L'élégance, la délicatesse de ses formes ne pouvaient dérober les traces que le chagrin avaient exercées sur son corps naguère si noble, si imposant.

Arrivé au lieu du supplice, il leva les yeux au ciel, et parut absorbé dans une fervente prière mentale. Sa jeunesse, sa beauté éveillaient l'intérêt, la pitié de tous les spectateurs.

Soudain une fille de la campagne fend la ligne des soldats : un enfant qu'elle tient dans ses bras, s'écrie tout joyeux : Maman ! maman ! »

Cette exclamation produisit une commotion électrique sur le condamné, dont les pensées n'ont plus rien de terrestre. La nature l'emporte : un cri maternel s'échappe : « Mon cher Polizoïdes ! mon cher Polizoïdes ! et l'héroïque Anastrasoula embrasse étroitement son fils adoré.

N'ayant plus d'espoir que dans son courage, Anastrasoula était parvenue auprès du prisonnier qui ne l'avait point reconnue sous son travestissement. Croyant sa fuite adroitement ménagée par un agent de sa femme, Mavromikalis, sans aucun soupçon, s'était embarqué sur un yacht, où il avait cru rejoindre sa famille.

L'cktatos Caliopolos, touché de tant d'héroïsme, et cédant à la manifestation des sentiments populaires, permit de transporter Anastrasoula, presque mourante, dans la maison des généreux Anglais. Ses beaux et longs cheveux noirs étaient tombés sous les ciseaux, et sa peau d'albâtre, grâce à quelque composition chimique, avait acquis beaucoup de similitude avec celle de son mari.

L'ektatos, commua la peine de mort, en un bannissement que le prince Othon s'empressa de révoquer à son arrivée dans ses nouveaux états.

L'ŒIL DE DIEU.

Le jour comme la nuit,
L'œil de Dieu nous suit.

Un vieillard respectable habitait
avec un seul domestique une petite

maison de campagne, située à une lieue de Tulle, dans un endroit très retiré.

Vers le milieu de la nuit, il fut à demi réveillé par quelques aboiemens ; mais comme ce bruit ne dura qu'un instant, il n'y fit pas attention. Bientôt cependant il entendit forcer un des volets de sa cuisine, et tout effrayé il se leva. Ne possédant aucune arme chez lui, il cherchait un moyen de se sauver, lorsque Dieu lui inspira l'heureuse idée de faire usage d'une bouteille de champagne, dont la bruyante explosion imite en quelque façon celle d'une arme à feu. Le voilà donc en embuscade auprès de la fenêtre. Au moment où l'un des voleurs, après avoir, à l'aide d'un diamant de vitrier, enlevé une vître, se préparait à pénétrer dans l'intérieur de la cuisine, le courageux vieillard, en invoquant le nom de Dieu, donna une forte secousse à sa bouteille, et le bouchon, suivi d'une grande quantité de liquide, frappa au milieu du visage le voleur, qui poussa un cri, et tomba du haut de son échelle sur l'angle d'une pierre de taille placée dans la cour. Le vieillard, plein de reconnaissance envers le Tout-Puissant, entendit distinctement le bruit des pas d'un individu qui

se sauvait, et les gémissemens de
celui qu'il venait d'asperger. Il prit
une lumière, descendit dans la cour,
et y vit deux cadavres; celui de son
chien et celui du voleur dont la tête
était horriblement fracassée.

LE LOUP ET LE MOUTON

Des moutons étaient en sureté
dans leur parc; les chiens dormaient
et le berger, à l'ombre d'un grand

ormeau, jouait de la flute avec d'autres bergers voisins. Un loup affamé vint, par les fentes de l'enceinte, reconnaître l'état du troupeau. Un jeune mouton sans expérienee, et n'ayant jamais rien vu, entra en conversation avec lui. — Que venez-vous chercher ici, dit-il au glouton? — L'herbe tendre et fleurie, répondit le loup. Vous savez que rien n'est plus doux que de paître dans une verte prairie émaillée de fleurs, pour apaiser sa faim, et d'aller éteindre sa soif dans un clair ruisseau: j'ai trouvé ici l'un et l'autre. Que faut-il davantage? J'aime la philosophie qui enseigne à se contenter de peu. — Il est donc vrai, répondit le jeune mouton, que vous ne mangez point la chair des animaux, et qu'un peu d'herbe vous suffit. Si cela est, vivons comme frère, et paissons ensemble. Aussitôt le mouton sort du parc dans la prairie, où le sobre philosophe le mit en pièces et l'avala. Défiez-vous des belles paroles des gens qui se ventent d'être vertueux. Jugez-en par leurs actions et non par leurs discours.

Fin.